Prix de Poésie Lucien Laborde

Femmes des continents

Au profit de Médecins du Monde
et de l'association Mosaïc

2010

Prix de Poésie Lucien Laborde

concours de poésie

le thème est :

Femmes des continents

Date limite de participation :
le 30 janvier 2010

Une sélection de poèmes sera publiée dans un livre dont les bénéfices seront distribués à Médecins du Monde et Mosaïc

Poème à envoyer à la librairie du Coin, impasse de Jallans 28200 Châteaudun
et sur jpnoblet.kazeo.com@gmail.com

http://femmesdescontinents.kazeo.com

Avant-propos

Après « à quoi ça rime la poésie ? », « la ville de Châteaudun », « les Africains d'ici et d'ailleurs » et « un détail de Beauce », j'ai choisi le thème « Femmes des continents » pour le concours 2010. Je me suis bien sûr inspiré de « Couleurs femme », le thème officiel du Printemps des Poètes 2010.

Les principes de ce concours sont :
- la gratuité de la participation
- un thème que change chaque année
- des livres offerts aux gagnants
- un partenariat avec la Librairie du Coin (à Châteaudun)
- un partenariat avec une ou plusieurs associations

Cette année, j'ai décidé de publier une sélection de poésies et de remettre les bénéfices de l'opération à Médecins du Monde et à l'association Mosaïc qui œuvrent pour les femmes dans le monde.

Depuis que le concours existe, j'ai reçu 270 poèmes dont 47 textes cette année. Les auteurs viennent principalement de France mais aussi de Suisse, de Belgique, d'Egypte, d'Haïti et du Canada. La sélection n'a évidemment pas été facile à faire. Les membres du jury sont Michel Breton (poète et sculpteur), Amandine Laffeach (libraire), Joelle Lecoanet (documentaliste en lycée) et Jean-Philippe Noblet (poète et organisateur du prix).

Je remercie tout ceux qui m'ont aidé et encouragé à poursuivre ce travail d'utopie qui consiste à inciter des personnes à écrire des poèmes. Je remercie les enseignants qui me permettent d'intervenir dans les classes pour montrer que la poésie n'est pas uniquement une récitation. Je remercie la Librairie du Coin de Châteaudun qui est un acteur essentiel de la vie culturelle en l'Eure-et-Loir. Merci aux partenaires associatifs Mosaïc et

Médecins du Monde. Et bien évidemment, merci à tous les participants du concours.

Jean-Philippe Noblet
Organisateur du prix de poésie
jpnoblet.kazeo.com@gmail.com
http://jpnoblet.kazeo.com

Lucien Laborde

« Lucien Laborde est né à Montmartre en 1923, fils du peintre normand Gaston Laborde. Il publie un premier recueil *Pétales de Rêve* en 1941 aux Editions Debresse.

Quelques poèmes sont publiés dans les revues Sources, Gyroscope. Deux poèmes sont lus par Claude Morand dans l'émission d'André Benclerc, Bureau de Poésie sur France 1 en 1958. Il participe aux deux premières manifestations du groupe Cadence 1960 et 1961. En 1962, il obtient le Prix de Poésie française pour le recueil *Partage de la nuit*...1964 la peinture apparaît. Il participe au salon de Montrouge. Jusqu'aux années 1970 il gravite dans le monde souterrain de la poésie, une participation au Théâtre Récamier à un spectacle de poésie, d'autres poèmes publiés dans des revues.

A partir de 1968, il participe activement à la vie du Centre Culturel d'Ivry sur Seine. En 1970, une autre de ses passions, la préhistoire, le conduit à y organiser une exposition. D'autres publications de poèmes... Il mène de front toutes ses passions. En 1974, il expose sur le thème l'origine de l'Art, toujours à Ivry.

C'est la préhistoire qui est la cause de son achat de sa maison à Sancheville en Eure-et-Loir. Un dimanche déjeunant sur l'herbe à Rouvray Saint Florentin, il pénètre dans un champ et trouve des silex taillés. Il étudie et exploite cet important site (il a fait don de sa collection au musée de Chartres en 1999). Muté à Chartres en 1974, il participe à la vie culturelle en Eure-et-Loir vue de son coin de village. Je crois que la plus belle exposition de peinture durant cette période fut celle montée par le Docteur Bourdin à Authon-du-Perche.

Il réunissait, dès qu'une opportunité se présentait, musiciens, récitants (dont ma femme) pour organiser des récitals de poésies. Les poètes qu'il aimait, ses amis, étaient de la fête. 1990 Publication de son recueil le plus important *Voyage en Sélénie*. Le festival européen des arts et de la poésie de la Seyne sur Mer lui décerne ses Lauriers d'or en 1998.

Certes tardivement, au printemps 1999, je sollicite Gérard Mallet qui enregistre un premier C. D. de poèmes. Puis toujours dans ce même studio, le journaliste Philippe Roussel fera une émouvante "radioscopie". Lucien Laborde dans ce bocal de verre qui l'impressionnait, se raconte, document émouvant réalisé à la limite du possible tellement il souffrait. Hélas Lucien n'écoutera jamais ce disque. Le travail n'est pas terminé, on avait en projet d'accompagner de musique ses poèmes, et pourquoi pas ne pas mettre en forme l'interview de Roussel. On verra... Il décède en 1999, suite à une longue maladie comme on dit.

Archétype de l'artiste, plus vrai que vrai. Un peu touche à tout. Homme de passions contenues, de sentiments simples. Peintre de plein air comme son père, il expliquait que sa peinture était faite en dilettante, pas si mal que çà la "dilettante". Il est vrai que la poésie a toujours été présente. Il relisait, reprenait ses poèmes. Il avait le sentiment qu'il pouvait toujours améliorer un texte. Bien après, son décès, sa femme Denise, retrouve des poèmes écrits jusqu'aux derniers moments sur des bouts de papier, sur les boîtes de médicaments. Derniers Cadeaux. Comme ses poèmes, ses peintures il les reprenait, jamais satisfait. Quand il organisait un récital de poésie, l'occasion était belle de vendre quelques recueils ? Eh ! non. Pourtant il les emmenait ses recueils, mais ils restaient dans le coffre de la voiture. Pendant que d'autres organisent des séances de dédicaces comme événement culturel... Alors voilà quand on est plutôt discret, quand on n'a pas la chance de la chance ou que l'on ne sait pas la provoquer, on laisse au moins deux romans non publiés, bon nombre de poèmes inédits, des peintures dans un grenier. Et que restera-t-il dans quelques années de son jardin magnifiquement aménagé dans une ancienne cour de ferme empierrée ?

Souvent les artistes sont égocentriques, narcissiques, lui aussi devait l'être peut-être aussi ? Mais il ne nous présentait de lui que modestie. Toute petite fleur des champs, mousse sur une pierre, du ciel dans l'eau, comme un beau voyage, un paysage où il aimait se perdre ».

Alain Ponçon
http://www.poncon.com/page8/lucien.htm

Présentation de l'association MOSAIC
MOuvement de Solidarité
et d'Action Interculturelle et Citoyenne

Créée en 1999, notre association s'est fixé les buts suivants :
Développer et favoriser des échanges interculturels
Développer des actions permettant de vivre et développer sa citoyenneté
Assurer une veille pour identifier, analyser, dénoncer toutes actions discriminatoires.

Nous souhaitons aussi favoriser les contacts et les bonnes relations entre les différentes ethnies et les différents quartiers de notre ville.

Ses principales actions passées :
Année 2000 : semaine du Maroc et semaine contre le racisme
Année 2001 : premier Croq'ciné
Année 2002 : week-end Chili
Année 2003 : festival Breton « Breizh in Beauce ». « Tournoi de la solidarité » (foot en salle)
Année 2004 : soirée fest-noz
Année 2005 : Journée information et solidarité Haïti et sensibilisation au commerce équitable.
Année 2006 : Tournoi de solidarité hand-ball
Année 2007 : week-end Turquie
Année 2009 : commémoration Salvador Allende

Ses actions devenues traditionnelles :
Deux événements annuels :
- le Croq'ciné dans le quartier Beauvoir
- la randonnée pédestre (marche d'intégration) organisée en collaboration avec l'association dunoise de sport adapté.

En 2010
Depuis 2003, l'idée d'une action en direction des femmes a souvent été évoquée au sein de l'association. Nous avons souhaité que cette action se concrétise en 2010. Depuis septembre 2009 nous travaillons à l'organisation de ce projet en y associant différents participants. "FEMMES D'ICI ET D'AILLEURS" se déroulera le mois de mars 2010 avec diverses manifestations : des expositions, du théâtre, des films, de la danse, de la poésie, de la musique, de la littérature, des débats et des conférences. Tout cela est organisé avec le soutien de la ville de Châteaudun, le CIDFF et la Région Centre ; et en collaboration avec l'Atelier Prend l'Air, l'Atelier d'arts plastiques de Châteaudun, la Médiathèque et le cinéma Le Dunois.

MEDECINS DU MONDE AUPRES DES FEMMES VICTIMES DE VIOLENCES

Une urgence politique et un défi de santé publique

Battues, violées, vitriolées, mutilées, marginalisées… tel est le sort réservé encore aujourd'hui à des millions de femmes. Les statistiques officielles sont éloquentes :

Une femme sur cinq subira un jour un viol ou des attouchements sexuels. 10 à 69% des femmes (selon les pays) auraient été agressées physiquement par un partenaire masculin au cours de leur vie.

En Asie, 90 millions de femmes manquent dans les statistiques démographiques, victimes d'avortements sélectifs ou d'infanticides.

Entre 100 et 140 millions de femmes et fillettes ont subi une mutilation génitale, pour des raisons culturelles ou religieuses…

Ces statistiques, pourtant éloquentes, ne donnent qu'un faible aperçu de l'ensemble des violences dont les femmes sont victimes. La violence faite aux femmes est endémique et touche tous les pays à travers le monde, dans chaque région, chaque société, chaque culture. Elle peut être perpétrée à l'intérieur de la famille, au sein du groupe social, de la communauté, ou encore commise au cours d'un conflit armé. Le viol devient alors une véritable arme de guerre.

Constituant une incontestable violation des droits humains les plus fondamentaux, ce phénomène est aussi un problème majeur de santé publique. Qu'elle soit sexuelle, physique, psychologique ou institutionnelle, cette violence a de graves répercussions sur la santé physique et mentale des victimes. Sans oublier que la violence peut aussi entraîner la mort, par homicide, blessure grave ou suicide. C'est a fortiori dans le contexte de l'épidémie de VIH/SIDA que le problème de la violence faite aux femmes revêt un caractère d'urgence, parce qu'elle est à la fois un facteur direct et indirect de la propagation du virus : une femme peut être contaminée suite à un viol par un homme séropositif, ou encore elle peut hésiter à se faire dépister par peur d'une réaction violente de son partenaire ou de sa communauté si elle est séropositive. En outre, l'opprobre entoure souvent les femmes victimes de violence, notamment lorsque celle-ci est de nature sexuelle. Ces femmes sont alors rejetées par leur communauté et parfois même par leur propre famille, ce qui peut rendre leur situation encore plus précaire. Face à ce risque, nombreuses sont les femmes qui gardent le silence sur les sévices qu'elles subissent. Longtemps niée, ou acceptée comme telle, les violences faites aux femmes font depuis peu l'objet d'une grande mobilisation, notamment de la part de la société civile et des organisations internationales. Cette mobilisation se base sur la conviction que les comportements violents et leurs conséquences peuvent être évités.

C'est parce que cette violence est un problème majeur de santé publique que Médecins du Monde cherche à contribuer à la lutte contre les violences faites aux femmes. En effet, nos équipes sont confrontées dans leur travail quotidien à la violence à l'encontre des femmes, particulièrement vulnérables. Au-delà du soin, la vocation de Médecins du Monde est également de témoigner des injustices dont elles sont les victimes souvent silencieuses : en France, où les personnes se prostituant sont confrontées à la violence physique et sexuelle ; en Algérie, où MdM soutient l'ouverture d'une ligne téléphonique anonyme à destination des femmes et des enfants ayant subi des violences domestiques ; au Pérou, où les équipes de l'association abordent la question des violences domestiques lors des formations à la santé sexuelle et reproductive des adolescentes ; en Moldavie où MdM intervient pour prévenir la traite des femmes…

Ou encore au Pakistan, où près de 80% des femmes souffriraient de violences domestiques, qu'elle soit physique, sexuelle ou psychologique. Fuyant ces violences ou les mariages forcés, certaines femmes viennent chercher de l'aide dans des refuges gérés par le gouvernement pakistanais, des Dar-Ul-Aman (« maisons de la paix ») dans lesquels Médecins du Monde intervient.

Proposer une prise en charge pluridisciplinaire des victimes de violences

Soigner une victime de violence est essentiel, mais pas suffisant : elle a également besoin d'un soutien psychologique, de conseils sur les recours à entreprendre pour faire valoir ses droits ou encore d'aide à la réinsertion. Les victimes de violence doivent pouvoir bénéficier d'un traitement médical, social et judiciaire approprié à leur état et aux conséquences graves et durables qui peuvent découler des actes de violence subis. Médecins du Monde tend donc à assurer une prise en charge réellement globale des victimes de violence. L'association, en tant qu'ONG médicale cherche également à travailler de concert avec des associations locales afin d'intervenir dans des domaines complémentaires (juridique, réinsertion socioéconomique…) et d'offrir à une victime de violence la possibilité d'une reconstruction pleine et entière.

© Médecins du Monde février 2007
http://medecinsdumonde.org/fr/Presse/Dossiers-de-presse/International/Journee-de-la-femme-8-mars-PAKISTAN-Enquete-aupres-des-femmes-victimes-de-violences-domestiques

Tunisienne qui pose pour les photos des touristes

Catégorie des plus de 18 ans

Femmes de Grèce

des femmes en noir dévalaient la colline
dans la croyance attachée à leur humilité
femmes qui ne se retournent jamais sur le passé
en semant leurs sourires au soleil d'été
les oliviers crispés sur leur veuvage
somnolaient au pied des terres bercées d'illusoire
à l'unisson des vents frémissant de la terre à la mer
tandis que les femmes déposaient leurs offrandes
au nom d'une survivance gardienne du mystère
nous suivions leurs ombres jusqu'aux temples
par-delà les siècles tirant des dieux leurs témoignages
mais le livre des âmes sauvait la mémoire
des légendes enfouies sous les pierres
soudain d'une brise à l'autre
les femmes en noir disparurent dans le ciel

Catherine Bourassin
Saint-Cloud (92)

Imagine

imagine des femmes habillées de soleil
distillant leurs reflets jusqu'à l'horizon
les verts et les bleus se répandraient sur la ville
à perte de voilure flottant aux vents d'ailleurs
de la terre monteraient leurs senteurs orchestrales
glissant vers la mer en fusion
imagine des rires suspendus à la dune
oscillant en images océanes
qui s'enivreraient d'évanescences
avant de refermer l'écritoire du soir
imagine un rêve partagé
aux soleils amoureux refleuris de passion
à la volupté des terres répondraient
les muses vagabondes
crayonnant l'attente sur les calendriers du voyage
imagine des femmes aux regards immenses
suspendues aux barreaux de la liberté
les murs se mettraient à danser
à la rencontre des dieux infusant au vent matin
imagine leur histoire graver l'écorce
avant de se consumer en feux d'étoiles
alors tu verras le défilé des filles de neige
dans un envol de pétales aux pas de tes rêves bercés d'imaginaire

Catherine Bourassin
Saint-Cloud (92)

Femmes de Bretagne

la lande soufflait sur le monde sa pesante méditation
où s'accrochaient les errances des bruyères
suspendues à la colline
qu'un silence de femmes guidait
vers les mégalithes aux couleurs desséchées
la meute du ciel découpait les calvaires
en tirant le fil des dentellières
scandant leurs messages en hymnes de vent
étrange plénitude de la mer
charriant ses embruns de brumes
que filtrait un soleil en convalescence
mais déjà renaissaient les pluies
sur les routes où se gravaient les crépuscules incantatoires
aux traces d'hommes déchirés
au loin le cri des mouettes faisait pleurer le ciel
dans l'espoir de réparer les secondes cassées
que l'attente brassait à l'appel des femmes
chaque matin comptait ses naufragés
la mer dérivait à lentes heures
ouvrière des jours à renaître
où grandissaient d'invisibles peurs

Catherine Bourassin
Saint-Cloud (92)

Couleur safran

lorsque le souffle des poètes frôlera les femmes
balanciers d'ivresse filant au firmament
les promesses du jour enflammeront le fleuve
que l'eau conduira jusqu'aux profondeurs de la nuit
les femmes couleur safran se transmettront le cri de l'âme
lavant la révolte transfusée dans leurs veines
leur sourire guidera l'espoir
né des embruns de lumières irradiant leur regard
alors les villages s'agenouilleront au pied des soleils levants
la vie se poursuivra jusqu'à la mer
couronnant les matins safranés de la terre
le temps grandira aux murmures des femmes de l'Inde

                              Catherine Bourassin
                              Saint-Cloud (92)

Afrique

les femmes écrasées de torpeur
tissent le canevas de la brousse en points serrés
puis s'évaporent en poussière
dans un drapé de colonnes en fièvre
ici l'herbe broute les museaux des gazelles
en suspension sur la plaine
où s'emmêlent les terres jusqu'aux fleuves
chaque jour s'y raconte en lisière de mirages
que les femmes conduisent en caravanes de sables
sous les yeux des enfants aux lueurs affamées
l'immensité à fleur de lune
veille les déserts d'où monte le cri d'un ciel brûlé
mais l'Afrique irradie l'espoir
en prolongeant la vie au-delà des souffrances

           Catherine Bourassin
            Saint-Cloud (92)

Impressions de femmes chez Monet

les jardins ont tissé leurs toiles
poursuivis par les roses antiques
aux robes couleur d'aurore nacrée
dans un cortège de transparences
frôlant les promeneurs en quête d'évasion
un soleil de miel glissait sur les épaules des femmes
alors la lumière s'est arrêtée aux étoles des massifs
en pétales de pastels et de violets archevêque
le temps des rires et des couleurs claires
s'est éveillé en palettes sonores
que Monet fit renaître d'un claquement impressionniste
sous la magie des nénuphars à fleur d'eau et de ciels
dans le balancement des femmes et des peupliers géomètres

                                    Catherine Bourassin
                                    Saint-Cloud (92)

Crépuscule

dans les allées des cimetières
les vieilles traînaient leur veuvage
pour offrir au granit des tombes
le sel de leurs yeux rongés par la pâleur de l'absence
leur crépuscule prolongeait le moutonnement de leurs mains
qui s'affairaient en ratissant le silence
de leurs larmes séchées
lorsque la sagesse fera osciller le dernier soleil d'été
la vie rejoindra la roche menant à la sérénité
sur le parvis du monde
la terre livrera au matin le testament de la nuit
seule une rose aux larmes d'aube ranimera
le souvenir de ces femmes en prière

                                        Catherine Bourassin
                                        Saint-Cloud (92)

JEZEL

Fille de sable ou Mélusine,
Par les chemins de Palestine
Elle s'en vient, la Sarrazine,
Naissant mirage du lointain.

Qu'elle marche ou bien qu'elle danse
L'œil au kohol, sombre luisance,
Conte des nuits dont les fragrances
Oignent son corps jusqu'au matin.

Son voile la voudrait recluse
Mais le regard qui se refuse
Reflète au ciel les mille ruses
De crépuscules clandestins.

Elle promène au long des sentes
A pas glissés, noire officiante,
Ses rêveries adolescentes
Peuplées de djinns et de lutins.

Un lourd parfum, aveu fugace,
Enchante l'air quand elle passe
Et disparaît sans laisser trace
Au soleil rouge qui s'éteint.

Fille de sable ou Mélusine,
Par les chemins de Palestine
Elle s'en va, la Sarrazine,
Fuyant mirage du lointain.

Guy Vieilfault
Croissy-Beaubourg (77)

NIGERIENNE

Qu'elle puise à genoux, en des outres pleurantes,
Le soleil moribond du fond d'un puits tari,
Ou mène le troupeau au dédale des sentes,
Halant par le licol l'ombre d'un méhari,
Elle fige le temps des heures transhumantes.

L'aurore encense l'air des volutes du thé
Lorsque la brume encor matelasse les dunes,
Prêtant à leurs rondeurs des chairs la volupté
Sous la laitance bleue – Oh, passage des lunes ! –
Et le silence en creux s'endort, convoluté.

De ses bras élevés, elle étend la turquoise
D'un matin renaissant au fil de l'horizon.
Une énigme voilée et sans regard la toise,
Qui ranime le feu du carmin d'un tison,
Mais elle danse au loin, provocante et narquoise.

Elle est cet astre noir dont le tsabit d'argent
Emeut les yeux de nuit de l'homme sans visage,
La colombe endeuillée à ce là-bas tangent
Où la terre et le ciel fomentent leur mirage
Quand le Grand Erg rosit du petit-jour changeant.

Guy Vieilfault
Croissy-Beaubourg (77)

Femme d'ici et d'ailleurs

Elle est une vague
Petit berceau du vent
Calice de fraîcheur
Ceinture de rubans...
Son rire,
oasis suppliant le désert
parfume le silence qui pousse après la guerre.
Arrachant de ses griffes
Sur la bouche des enfants,
La colère carbone
Nommée « pourquoi ? »,
La lionne égrène des baisers pansements.
 Bien plus riche que l'air
Hamac des goélands,
Elle cache dans son cœur,
Une pomme en diamant,
Aux éclats de tendresse.
 Elle est tout ce qu'on doit,
Elle est tout ce qu'on veut,
Champ de blés mûrs,
Elle est l'or et le feu,
Violence de caresses,
La femme nébuleuse
Encore inexplorée,
Scintille d'amour,
Aux quatre coins du monde.

Sandra Monteforte Gardent
Sassenage (38)

ELLES ONT OSE

Elles ont osé
tenir tête à leurs frères !
Elles ont osé
désobéir à leurs pères !
On leur a dit le déshonneur
elles ont évoqué le bonheur.
Elles ont su regarder en face
la peur, la honte et les menaces.

Elles ont risqué
le vitriol
elles ont risqué
la mort, le viol.
Elles s'appellent Ayann
ou Fathia ou Phoolan
Fatima ou Ching lie
ou Maria ou Yang lee.
Elles ont soulevé le voile
et ont dansé sous les étoiles.

Etres humains à part entière
elles ont traversé les frontières.
Elles combattent sans arme à feu
sans plus jamais baisser les yeux !
Elles se sont échappées de leurs cages
elles en ont brisé les barreaux.
Elles ont la force et le courage
que n'auront jamais leurs bourreaux…

Danielle Guillemeau
Villemardy (41)

Ode à une Sylphide

Arie, chaste Sylphide à l'âme sibylline,
De tes sombres futaies, de tes coteaux chéris
Que baigne Savoureuse aux flots d'aigue-marine,
Tu sortis un matin, en chansons et en ris,
Délaissant l'amitié de trop gentes compagnes,
Vêtue d'ambre et de jade, armée de tes raisons,
Pour affronter du monde aux lourdes frondaisons
Lacs, vallons et montagnes.

Par aubes embrumées, crépuscules carmins,
Des cascades d'Arbois aux étangs de Servance,
Tu parcourus sans fin tant d'étranges chemins.
Les elfes du Lomont, la vouivre en connivence
Et les êtres velus qui peuplent le Bugey,
Des bêtes et des dieux t'ont transmis la sagesse,
A toi, fille émeraude, accorte sauvagesse
Au vif regard de jais.

Aux Ballons ancestraux, te voici revenue,
Forte de souvenirs, riche d'enchantements.
L'arrondi de ton dos, une tête chenue
Attestent de ta quête abondance en tourments.
Aimable Dame Verte, apaise ton sapin !
Frémissant au plaisir de douce souvenance,
Il entend partager en subtile immanence
Ton vif savoir vulpin.

Jean Gualbert
Belgique

Belles de nuit

Femmes mêlées de fées, plus anges que démones,
Les belles de la nuit, en tout lieu, sans merci,
Veillent sur le sommeil aux songes anémones
D'une inconnue perdue, de l'amant en sursis.

Des océans moirés aux lueurs des étoiles,
Sous figure de louve ou de chauve-souris,
Dansant avec la lune, elles tissent leur toile
Qui nous lie à la Terre, à ses pleurs, à son ris.

Jean Gualbert
Belgique

FEMMES DES CONTINENTS

Qui êtes vous Femmes des Continents
à la couleur de peau plus sombre
que la mienne et
quels furent vos chemins
d'errance où d'amour
en ces terres lointaines ?
Je ne le puis savoir à cette heure
en mon présent qui coule.
Mais je rêve d'apprendre
de chacune de vous mes Sœurs Inconnues
les mots de votre cœur posés
contre mon cœur de femme blonde
afin de vivre l'harmonie
dans l'échange de nos cultures
au gré
d'un ailleurs d'espace nu
d'autres temps futurs
à découvrir
sur le chemin de l'amitié.

Marie-Christine Cailleaux
Sceaux (92)

HORIZON – FEMMES

Entre les dunes ocres, terre de feu et de détresse,
Entre les murs de pisé, liane cent fois courbée,
Eternellement souple qui balance ses hanches
Drapées de bleu profond et de poussières d'or.

Femme au dos plus large que ces vastes montagnes,
Femme au dos plus las que ces récifs usés,
Femme au dos plus lourd que ces cailloux de plomb.

Femme aux pieds de gazelle sur route d'éternité,
Femme aux pieds de rizière, dans la boue étoilée,
Femme aux pieds de résille sur le bitume noir.

Femme au regard de larmes, posé sur les enfants
Femme au regard profond comme un puits de Sahel,
Femme au regard de faim, sur le trottoir des villes.

Femme, tu marches droite en portant sur ta tête
La misère du monde, la peur des embuscades,
Le viol au fond des caves, la démence des hommes.

Femme- force, debout aux quatre horizons,
Tes bras ont en charge notre passé sanglant,
Mais tu tiens dans tes mains nos lendemains obscurs.

Maude Arfos
Vitry-sur-Seine (94)

Actes d'amour

Gabrielle, France, 15 heures.

    Personne pour l'épier.
    Elle seule face à son souhait.
    Gabrielle, en un sourire,
    Demande au puits ce qu'elle désire :
    Un enfant, un tout petit,
    La chair de sa chair, une vie.
    La légende est contée depuis la nuit des temps.
    Le gnome répondra à son appel en lui envoyant un enfant.

Savannah, Canada, 08 heures.

    Tout semble différent ce matin.
    Les couleurs, les odeurs, le va et vient,
    Même le reflet dans son miroir.
    Savannah le sait, le sent.
    Elle porte en elle un espoir.
    Elle attend un enfant.
    Personne ne sait encore,
    Ce qu'elle seule a deviné.
    Du plus profond de son corps,
    Un miracle s'est réalisé.

Moana, Moorea, 02 heures.

    Le lagon comme murmure,
    Les étoiles comme parure.
    Moana se penche vers son tané,
    Ancre son regard dans le sien.
    Et d'une voix troublée,

    Lui annonce qu'au printemps prochain,
    Depuis longtemps ce qu' 'ils attendaient,
    Va se réaliser, enfin.
    Il n'ose comprendre, ému,
    De peur que le rêve ne s'envole.
    Mais son cœur n'en peut plus.
    Il crie, court, plonge et vole,
    L'embrasse, amoureusement éperdu.

Abeba, Ethiopie, 18 heures.

    Un regard sur le soleil couchant,
    Un autre sur ce qu'elle a accompli aux champs.
    Abeba étire son dos endolori.
    Qu'importe son ventre lourd, elle sourit.
    Même si ses mains ont œuvré
    Tout le jour durant,
    Son esprit s'est envolé.
    Elle ne pense qu'à son enfant.
    Un petit garçon à la peau d'ébène ?
    Une petite fille au port de reine ?
    Un bébé en bonne santé et le rire de son père,
    C 'est tout ce qu'elle demande. C'est tout ce qu'elle espère.

May Linh, Viet Nam, 22 heures.

    Les bruits autour
    Lui sont familiers.
    Même si la nuit l'entoure,
    Elle se sent en sécurité.
    May Linh se cale sur les feuillages.
    Le moment approche.
    Il va falloir du courage.
    Le village n'est pas proche.

C'est dans cette forêt qui est sienne,
Qu'elle va mettre au monde son enfant.
Que les ancêtres l'épaulent, la soutiennent.
Elle sera fière de leur donner un descendant.

Gabrielle, France, 17 heures,
Savannah, Canada, 10 heures,
Moana, Moorea, 04 heures,
Abeba, Ethiopie, 20 heures,
May Linh, Viet Nam, 00 heure.

Aux quatre coins du monde
S'élève un seul et même cri.
La magie vagabonde.
Un lien invisible les unit
Les autres aux unes.
En cet instant précis,
Ces cinq femmes ne font qu'une.
Ensemble, elles donnent la vie.
Tout se mêle. Les larmes et le sang,
La peur de ce qui pourrait mal se passer,
L'espoir d'enfin rencontrer cet enfant.
Un cri : le sien, cette fois. Il est né.
Dans leurs yeux, on ne les reconnaît pas.
Elles sont ici et ailleurs à la fois.
Ici…avec l'enfant, qui repose au creux des bras.
Elles l'embrassent, le caressent, le respirent tant et tant de fois.
Ailleurs,…en donnant la vie à ce bébé,
Elles naissent de nouveau.
S'ouvrent à elles, la mémoire cachée.
Elles rayonnent. Que c'est beau !
En vivant cet acte d'amour,
Elles croisent le regard d'Eve.
Elles sont maintenant et pour toujours

Bien au delà de leurs premiers rêves.
Elles étaient filles. Elles sont mères, maintenant.
Du Viet Nam au Canada, de tous les continents,
De l'origine du monde à notre présent,
Chaque femme ayant donné la vie à un enfant,
Prend part à l'histoire de notre terre,
Elles donnent la plus belle preuve d'amour qui puisse se faire.

Stéphanie Champagne
Logron (28)

Feminae

Un regard un seul
Comme une pléiade de soupirs
La même main se posant sur les langes
Où à l'unisson éclot le désir
D'effleurer l'absolu cette saison étrange
La berceuse murmure une harmonie fugace

Un visage un seul
Serti des arabesques du temps
Esquissant là des fardeaux identiques
La femme compose avec les tourments
Chaque instant un défi à demain chaotique
Ripostent les sillons où résonnent leurs rires

Un souhait un seul
Que l'espérance à bride abattue
En son couffin éclipse l'affliction
Prélude craintif seconde ingénue
Se hisse le soleil sur un doux horizon
Là où l'adversité continûment s'efface

Car la femme en son sein agrippe l'avenir

Dominique-Pauline Pruski
Scy-Chazelles (57)

Femme des continents

Que son teint soit laiteux ou qu'il soit ombrageux
Sous les plis de la vie, face aux aiguilles d'une brute
Son printemps s'enfuit sous le poids de la tristesse

Le froid de l'ignorance consume ses os
La chaleur de la misère refroidit son sang
Soupirant contre la sécheresse dans sa vie

Elle demeure là, sans pudeur, toute candeur
Etonnée de voir ses rêves s'éclabousser
Partis au galop de l'amour, de l'espoir

Aveuglée, fidèle, des fois suicidaire
Elle se courbe à toutes les lois démesurées
Dans sa crainte d'un enfer sans purgatoire

Elle se plie aux folies les plus folles
Sous peine d'être prise par les cheveux
Et trainée devant ses enfants
Femme de tous les temps et de toute part
Femme bannie, pelée et battue
L'incompréhension siffle dans sa tête.

Pourtant des liens timides la retiennent :
Ceux du sang, ceux de l'esprit
Espoir d'un renouveau meilleur

Illusion aveuglante, rêves démantelés
Bonheur éparpillé, tristesse continuelle
L'amour ne fut mais il s'en va.

Contemplant dans un miroir son image
Regarde une étrangère pale et éteinte
Choquée que ce reflet soit la sienne

Pourtant elle n'a qu'un rêve
Rêve de mots magiques, des mots d'amour
Doux sésame à son cœur, clef de son bonheur

Le futur est banni de son vocabulaire
Le présent est sanglant, écœurant
Avec son lot quotidien d'humiliation

Femme de tous les temps
Femme martyr et suicidaire
Impuissante, dévalorisée et cocue

Jusqu'au jour ou son cœur crie à la révolte
Jusqu' à l'heure où son cœur meurtri trépasse
Où son honneur ressuscite de ses épaves

Femme ! Oh femme de tous les temps !
Ton nom apporte la vie
Ne te laisse guère rabaissée !

Car tu es femme, femme de tous les temps
Tu es fleur, sagesse et beauté
Que le rire de ta vie ne se fane jamais !

Edny Saint-Cyr
Haïti

Ô Afrique ! Ô profonde Afrique !
Dieu en ton sein créa la femme
Eternelle aux pouvoirs magiques.
Peau noire, belle ; Son regard affame
L'homme gourmand et impudique.
Comme cerf d'Europe désire et brame
Il la veut simple mosaïque
En ventre rond, en ventre fécond.
Mais libre, pudique elle dit non.
Sur le chemin qui mène au puits
Ses amies et elle rient de lui.
Vois ! Comment elle porte sa jarre d'eau.
Contemple sa beauté, sa fierté
Te voilà banal et falot
Devant tant de sérénité.
Loue sa beauté loyalement
Si tu veux la terre promise
Goûter au bon fruit fécondant
Etre celui qui l'a soumise.
Un jour une nuit
Et peut-être
Pour la vie

Yvon Dehon
Champrond-en-Perchet (28)

Voiles sur les terrasses

La terrasse d'une maison grise
Avec des chambres de pauvres gens
Des persiennes grises poussiéreuses pendillent
Cassées, sur la façade lépreuse de la maison
Aux fenêtres grandes d'antan
Aux balcons aux ciselures de fer forgé
Des antennes satellite
Sur la terrasse
Et sur la corde à linge
Une très longue corde
Flottent dans l'air
Un foulard turquoise
Un foulard mauve
Un foulard fuchsia
Un foulard rose aux fleurs blanches
Un foulard grenat
Un foulard rose bonbon
Un foulard gris perlé,

Et le pantalon gris d'un homme
A côté d'un pyjama
Sous le ciel nuageux du Caire en décembre.

Suzanne El Lackany
Le Caire (Egypte)

CHUCHOTEMENTS ÉCRITS

Ces femmes qui se couchent et
qui accouchent
couchent la revanche dans leurs berceaux.
 De Ouagadougou à Tombouctou ou à Rivière du Loup

Et cette vengeance si douce à leur cœur de femmes.
Et tous ces bébés qui crient à pleins poumons :
Ensemble. Tous ensemble.

Chut, chut, chut.
Leur voix s'éteint, se tait.
C'était…

C'était ?

Et ces femmes qui éduquent, instruisent, soignent, aiment.
Toutes ces femmes de partout qui saignent du fruit de leur entaille bénie.
Ces femmes dont le lait abreuve la Patrie.
Combien de foi pénétrée à voguer dans leur utérus ?
Combien de fois trompées, brimées, violées, torturées ?

Combien d'hommes renouvelés passent le soc et le coutre dans leur chair qu'icicatrise et se referme sur eux ?
Et ces femmes qui pardonnent, oeuvrent d'amour, enfantent doucement le désir ;
Désir de la terre, faim d'appartenance, soif d'identité.
Ici, au Québec et partout dans le monde. Même combat contre la haine, les femmes enfantent l'enfance, la jouissance, la puissance de l'amour.
Don d'elle, don d'elle, don d'elle.

Du bout de leur « hiver de force, de leurs saisons déréglées,
elles se relèvent à nouveau,
marchent dans la plaine, la rizière, la brousse, la montagne
et à travers chants, elles portent l'étang d'or sur leurs épaules
et le pays dans leur ventre jusqu'à extinction des feux de voix,
jusqu'au cri primal de la renaissance.
Ici, sur la planète !
Ici, sur cette terre ; ici, pour l'univers.
Ici dans cette vie pour que l'autre vie…
Pour que l'autre vie…

Et elles crient ces femmes,
elles crient en Swahili,
en Bengali, en Cri, à l'infini…
(cris lointains de femmes, bouleversants)
elles crient leur douleur, elles crient de bonheur,
elles crient pour leurs sœurs,
elles crient pour changer le monde, de tout leur cœur,
Pour le rendre meilleur.
(Chants de femmes dans toutes les langues. On les entend indistinctement.)

Michèle Bourgon
Gatineau, Québec (Canada)

A Ibis Sepulveda et son « Nombril de Sofia ».
A mes amies créatrices.

Bollywood massala

Autour de moi, j'ai réuni mes amies
Chacune prenant racine en un point de la Terre
Chacune armée de son histoire et de sa grâce
Chacune illuminée du rayonnement de ses talents
Autour de moi, j'ai réuni mes amies
En un cercle parfait tel l'anneau qui unit nos passions
En un cercle parfait tel le globe qui lie nos destins
En un cercle parfait tel l'antre de nos entrailles-geysers
Autour de moi, j'ai réuni la ronde parfaite qui crée et qui donne vie
Autour de moi, je fais danser la ronde parfaite d'un … Bollywood massala

Et …

De mes mots je peins les couleurs du monde
J'y verse les encens venus des quatre horizons
J'y brûle les épices fleurant les points cardinaux
De mes mots je peins les couleurs de nos peaux
Les vers consumés portent l'essence de nos cœurs
Et leur fumée dessine l'aura de notre … Bollywood massala !
Du creuset précieux où s'entremêlent ces parfums
Je vois s'élever le voile évanescent des nombrils
Je vois se déhancher la peau sulfureuse de ce relief subtil
Et du corset voluptueux se libèrent des filles d'Eve les nombrils
Petit bouton délicat posé tel un bijou
Dans le creux érotique de l'épiderme de nos ventres
Œil de chair qui regarde notre origine
Car la vie est née de cette graine à petits plis

Nous venons tous des pétales d'un giron
Nous venons tous du nombril d'une femme

     Et …

De mes mots je peins les couleurs du monde
J'y verse les encens venus des quatre horizons
J'y brûle les épices fleurant les points cardinaux
De mes mots je peins les couleurs de nos peaux
Les vers consumés portent l'essence de nos cœurs
Et leur fumée dessine l'aura de notre … Bollywood massala !
Quelle que soit la teinte de sa carnation
Quelle que soit l'étoffe qui le pare
Quel que soit le bijou qui le sublime
Le nombril d'une femme est l'épicentre des mondes
Le nombril d'une fille d'Eve porte les veines de son enfant
Le nombril d'une fille de Vénus porte l'éclosion de ses créations
Le nombril d'une fille de la Pachamama porte le sentier de ses œuvres
Le nombril d'une femme est l'épicentre des mondes
Du creux de leurs mains elles gomment les ténèbres
Du creux de leurs ventres elles font pousser le jour

     Et …

De mes mots je peins les couleurs du monde
J'y verse les encens venus des quatre horizons
J'y brûle les épices fleurant les points cardinaux
De mes mots je peins les couleurs de nos peaux
Les vers consumés portent l'essence de nos cœurs
Et leur fumée dessine l'aura de notre … Bollywood massala !

     Et …

Autour de moi, j'ai réuni mes amies
Chacune prenant racine en un point de la Terre
Chacune armée de son histoire et de sa grâce
Chacune illuminée du rayonnement de ses talents
Autour de moi, j'ai réuni mes amies
En un cercle parfait tel l'anneau qui unit nos passions
En un cercle parfait tel le globe qui lie nos destins
En un cercle parfait tel l'antre de nos entrailles-geysers
Autour de moi, j'ai réuni la ronde parfaite qui crée et qui donne vie
Autour de moi, je fais danser la ronde parfaite d'un … Bollywood massala

Patricia Grange
Barsac (33)

La femme solitaire

Je suis Léa, femme d'occident, louve solitaire.
Dans la glace, je t'aperçois toi mon unique compagnon, mon ventre aux rondeurs de nacre…
Toucher de soie, couleur de l'indicible péché, je t'effleure du bout des doigts.
Tes formes gardent la trace de bonheurs passés.
De festins somptueux aux agapes rustiques, tu t'es nourri de saveurs enchanteresses, multiples.
Fruits exotiques à la chair gorgée de soleil ou douceur ambrée du miel.
Te souviens-tu de ces instants enivrants, à l'ombre des manguiers ?
Des étreintes fugaces et interdites, sur les plages de mes désirs ?
J'étais Léa, la femme lascive.
Femme farouche, je volais de découvertes improbables en aventures incertaines.
J'ai aimé le chant de la pluie, son bruissement entendu de toi seul, lorsque ses perles te paraient.
Je t'ai vêtu de madras, d'étoffes chatoyantes, au gré de mes envies et de mes fantaisies.
Je t'ai ballotté, promené vers des lieux aux noms étranges d'où l'on revient, l'âme apaisée.
As-tu oublié l'Ile aux perroquets, l'indomptable Amazone et Macapa, Belém, si belles ?
Je t'ai traîné à l'autre bout de mes déserts, de mes passions, de mes infortunes et revers.
Sans rancune, tu m'es demeuré fidèle.

Aujourd'hui, mon ventre, tu as cet éclat magnifique de la femme universelle.
Dans la glace, j'observe tes délicates métamorphoses, tes prouesses.

Dans le plus profond de moi, dans le plus profond de toi, tu niches mon incroyable secret.
Cadeau de la vie.
Moi la femme rebelle, je me soumets à ta loi, j'accepte l'invisible :
Oui, tu es là, mon ange, mon cher trésor.
En silence, tu chemines vers la vie, t'épanouis.
Je te cajole, te berce.
Tu es ma joie, mon paradis et ma source d'eau vive.
Je suis Léa, la femme louve.
Lentement je me dépouille de ma peau de solitude.
J'ouvre mon cœur, j'apprivoise mon corps.
Je sais, à présent, que plus rien ne sera comme avant,
parce que je t'aime
toi, mon enfant tendresse.

Jocelyne Marque
Chartainvilliers (28)

Femmes de Continents

Femmes de continents inconnus que je suis
Sur les rives de feu de la première Eve
Vous n'êtes jamais qu'elle en cet étrange rêve
Où dès que je m'éveille elle sait qui je suis

Chacune me raconte à sa façon l'histoire
En ces mots imprévus du langage des mains
Je caresse l'espoir d'y voir mes lendemains
Dans les parfums de temps faits d'ébène et d'ivoire

De vos contes surgit le cours de Cendrillon
Et moi qui suis bon prince à n'importe quelle heure
Je vous offre des clefs m'entrouvrant à demeure
Pour vous y réfugier quand sourd le carillon

Je sens le papillon touchant l'eurasienne
Déclancher sur ma peau le tumulte émouvant
D'un ouragan caché sous un masque du vent
Un autre dans les yeux d'une amérindienne

Belles des continents engloutis je vous vois
Et cela me suffit puisqu'en vos yeux de jade
Je sens briller pour moi ceux de Shéhérazade
Lorsque j'entends la nuit vos mille et une voix

Ô paradis perdus dans ces regards de femmes
Jardins de Babylone à mon temps suspendus
Arbres gorgés encor de leurs fruits défendus
Je ressens sur ma peau le frisson de ces âmes

Aux lames de vos corps mon regard se polit
Il n'y reste de moi qu'un court instinct de vie
L'instant de connaissance où le fruit me convie
Ce moment où l'amour déborde de son lit
Devant elles mes yeux ne touchent plus l'éther
Et les genoux à terre en regardant chaque île
Je façonne mes vers dans leur sable et l'argile
Pour ancrer leurs parfums aux pores de ma chair

Femmes des continents oubliés je regrette
Tous ces trésors perdus au cours de pâles nuits
Où ne mourrait personne à goûter à vos fruits
Larmes rendez son cœur à la fleur encor prête

Mon regard s'égratigne à ces pleurs d'églantier
Et je laisse mes bleus s'écorcher à l'épine
J'accroche mes pensers aux cœurs de l'aubépine
Où restent suspendus ces yeux du monde entier

Ames de continents aussi vieux que le monde
Dans le château hanté d'un seul regard rieur
De charmes se construit mon for intérieur
Et mon âme s'émeut quand ce bonheur l'émonde

Dans la nuit des moissons dans ses greniers comblés
Je vais trouver ce temps où la noire est l'égale
De la blanche où parmi les fourmis la cigale
Emplit chaque mesure avec ses chants de blés

Se peut-il qu'à la fin entre nous ce soit elle
Cette flamme d'un jour passant incognito
Entre les fils de fer barbelé du ghetto
Pour poser sur mon front ses lèvres de dentelle

Femme régnant de droit sur tous mes continents
Elle m'offre un asile au cœur de la tempête
Et peaufine les sons quand mon souffle s'apprête
A déchaîner ma voix en mots tourbillonnants

Jacques Mary Cotillon
La-Celle-Saint-Cloud (78)

Catégorie des moins de 18 ans

Pleines de vie en Afrique,
La cruche sur la tête…
Emplies de rêves lyriques.
Si bien qu'elles font la fête.

Et pour les océanes,
La pluie est plus que profanes.
Leurs sourires toujours radieux
Rendent nostalgique tous les adieux.

Quant aux petites européennes,
Derrière un raffinement éphémère,
Se cachent bien des sourires et des peines.
En un mot, elles sont et demeurent légères

Les asiatiques quant à elles,
Ont des airs de soleil levant,
Qui toutefois ne réveillent
Leur côté pathétique et décevant.

Enfin les américaines elles,
En apparence femme fatales,
Peuvent être faites de dentelles
Et pourquoi pas ? Sentimentales ?

Alexandre Beaurain
Champhol (28)

Index des auteurs

Catherine Bourassin, Saint-Cloud (92)
Guy Vieilfault, Croissy-Beaubourg (77)
Sandra Monteforte Gardent , Sassenage (38)
Danielle Guillemeau,Villemardy (41)
Jean Gualbert, Belgique
Marie-Christine Cailleaux, Sceaux (92)
Maude Arfos, Vitry-sur-Seine (94)
Stéphanie Champagne, Logron (28)
Dominique-Pauline Pruski, Scy-Chazelles (57)
Edny Saint-Cyr, Haïti
Yvon Dehon, Champrond-en-Perchet (28)
Suzanne El Lackany, Le Caire (Egypte)
Michèle Bourgon, Gatineau au Québec (Canada)
Patricia Grange, Barsac (33)
Jocelyne Marque, Chartainvilliers (28)
Jacques Mary Cotillon, La-Celle-Saint-Cloud (78)
Alexandre Beaurain, Champhol (28)

Cette œuvre est protégée par le droit français et européen, droit de la propriété intellectuelle, notamment droits d'auteur, droits voisins, droits des marques, droit à l'image.

Aucune reproduction de ce document, même partielle ne peut être faite sans l'autorisation expresse des auteurs, conformément aux articles L111-1, L122-1 et L122-4 du Code
de la propriété intellectuelle.

Éditeur : Books on Demand GmbH, 12/14 rond point des Champs Élysées, 75008 Paris, France
Impression : Books on Demand GmbH, Norderstedt, Allemagne
ISBN : 978-2-8106-1783-8
Dépôt légal : février 2010